BILINGUAL

FAIRY TALES AND STORIES

AESOP'S FABLES

TABLE OF CONTENTS

TABLE OF CONTENTS

Dear Parents,

we want to express our deepest gratitude for choosing "Aesop Fables" in both English and Spanish versions for your child.

These captivating stories use animals, plants, or objects to teach valuable life lessons such as friendship, kindness, and gratitude.

Your little ones will be thrilled to discover that these tales have been authored by the legendary ancient Greek storyteller, Aesop. Moreover, each story concludes with a moral that is sure to inspire them.

Dear Teachers,

thank you for choosing "Bilingual Aesop Fables" that feature easy parallel text in both English and Spanish as a teaching resource.

We are genuinely grateful for your selection and hope that you and your students will relish reading these timeless tales together.

Dear Language Learners,

we trust that this book will serve as a valuable aid in your quest to learn a new language. Our firm belief is that reading these captivating tales will not only improve your linguistic skills but also impart fresh knowledge and wisdom.

Estimados padres,

nos gustaría expresar nuestro más sincero agradecimiento por haber seleccionado "Fábulas de Esopo" en ambas versiones, inglés y español, para su hijo/a.

Estas cautivadoras historias utilizan animales, plantas o objetos para transmitir valiosas lecciones de vida, como la amistad, la bondad y la gratitud.

Sus hijos estarán encantados al descubrir que estas historias fueron escritas por el legendario cuentacuentos griego antiguo, Esopo. Además, cada historia concluye con una moraleja que, sin duda, les inspirará.

Estimados profesores,

gracias por elegir "Fábulas bilingües de Esopo" que cuentan con un texto paralelo en ambos idiomas, inglés y español, como recurso para la enseñanza.

Estamos verdaderamente agradecidos por su elección y esperamos que tanto usted como sus estudiantes disfruten leyendo estas historias clásicas juntos.

Estimados estudiantes,

tenemos plena confianza en que este libro se convertirá en un recurso valioso para tu aprendizaje de un nuevo idioma.

Estamos convencidos de que la lectura de estas cautivadoras historias no solo mejorará tus habilidades lingüísticas, sino que también te brindará nuevos conocimientos y sabiduría.

THE FOX AND THE GRAPES

A **fox** saw ripe grapes hanging from a tree branch.

The fox said, "I will get those **grapes** and make them my lunch."

The fox had to **jump** to reach the bunch hanging from a branch.

She didn't come close when she jumped the **first time**.

After walking a short distance, she leaped at the grapes, only to fall short again.

Despite her repeated attempts, she couldn't touch them.

Her frustration and bitterness led her to **say,**

"Anyway, they don't seem ripe, so the taste must be **terrible**. Surely, they are sour."

MORAL: It's easy to despise what you cannot have. Nothing good comes easy without hard work.

LA ZORRA Y LAS UVAS

Una **zorra** vio unas uvas maduras colgando de la rama de un árbol.

La zorra dijo: "Agarraré esas **uvas** y las haré mi almuerzo".

La zorra tuvo que **saltar** para alcanzar el racimo que colgaba de una rama.

No lo consiguió ni de cerca la **primera vez** que saltó.

Después de caminar una corta distancia, saltó hacia las uvas, sólo para quedarse corta de nuevo.

A pesar de sus repetidos intentos, no pudo alcanzarlas.

Su frustración y amargura la llevaron a **decir**:

"De todos modos, no parecen maduras, así que su sabor debe de ser **horrible**. Seguro que están agrias".

MORALEJA: Es fácil despreciar lo que no se puede tener. Nada es fácil si no se trabaja duro.

THE EAGLE AND THE CROW

An **eagle** was hunting by swooping down from the top of a ridge when he successfully caught a young lamb.

A crow who was observing him thought that he could do the same thing.

So he tried to swoop down on a **lamb**, but his claws got caught in the **wool**, and despite flapping his wings vigorously, he couldn't free himself.

A shepherd who saw what had happened caught the crow, trimmed the tips of its **wings**, and took it to his sons.

When his children saw it, they **asked** what kind of bird it was.

"To me, it's just a crow, but he thinks he's an eagle."

MORAL: Put your effort and dedication into what you are truly prepared for, not what you are not good at.

EL AGUILA Y EL CUERVO

Un **águila** estaba cazando y bajando en picada desde la cima de una cresta cuando atrapó con precisión a un cordero joven.

Un cuervo que lo estaba viendo pensó que él también podía hacerlo.

Así que bajó en picada sobre un **cordero** con tanta mala suerte que sus garras se enredaron en la **lana**, y aunque agitó sus alas con vigor, no pudo liberarse.

Un pastor que estaba viendo la escena atrapó al cuervo, cortó las puntas de sus **alas** y lo llevó a sus hijos.

Cuando sus hijos lo vieron, le p**reguntaron** qué tipo de pájaro era

.
"Para mí, solo es un cuervo; pero él piensa que es un águila".

MORALEJA: Pon tu esfuerzo y dedicación en lo que realmente estás preparado, no en lo que no te corresponde.

THE FOX AND THE SNAKE

One **day,** a **snake** was resting under a tree.

Suddenly, a fox passed by and stared at the reptile.

"How happy it is there by the tree, and what a long and elegant body! - thought the fox.

I **want** to have a body as long as his, **too!**"

So the fox lay down next to the snake and **began** to stretch, stretch, and stretch as much as she could.

And still, seeing that she was not long enough, she **tried** to stretch more and more to be like the snake.

And from so much stretching, his bones slipped out of place and broke.

MORAL: No one should compare themselves with others who are stronger or bigger than them.

LA ZORRA Y LA SERPIENTE

Un **día,** una **serpiente** estaba descansando bajo un árbol.

De repente pasó una zorra y se quedó mirando al reptil.

¡Qué feliz está ahí, junto al árbol, y qué cuerpo tan largo y elegante! - pensó la zorra.

¡Yo **también quiero** tener un cuerpo tan largo como el suyo!

Así que la zorra se tumbó junto a la serpiente y **empezó** a estirarse, estirarse y estirarse todo lo que pudo.

Y aun así, viendo que no era lo suficientemente larga, **intentó** estirarse más y más para ser como la serpiente.

Y de tanto estirarse, sus huesos se salieron de su lugar y se rompieron.

MORALEJA: Nadie debe compararse con otros que son más fuertes o más grandes que ellos.

THE FOX AND THE MONKEY

The **monkey** was asked to dance at a special animal **meeting** where they had gathered to elect a new ruler.

He won the spectators' sympathy with a thousand funny capers and grimaces and was elected **king**.

The fox did not vote for the monkey and was disgusted that the animals chose such an unworthy **leader**.

One day, he found a trap with some meat inside.

He told the **monkey** that he had found a treasure but had not touched it because it rightfully belonged to his majesty.

Then he told the monkey to go ahead and get it.

The monkey recklessly put his **hand** in the trap and was caught.

When the monkey accused the fox of luring him into an ambush, the fox exclaimed, "You claim to be our king, yet you can't even look after yourself!"

MORAL: The true leader proves himself by his qualities.

LA ZORRA Y EL MONO

El **mono** fue invitado a bailar en una reunión de animales especial donde se habían reunido para elegir un nuevo gobernante.

Se ganó la simpatía de los espectadores con mil travesuras y muecas divertidas y fue elegido rey.

La zorra no votó por el mono y estaba disgustada de que los animales eligieran a un **líder** tan indigno.
Un día, encontró una trampa con algo de carne dentro.

Le dijo al **mono** que había encontrado un tesoro, pero no lo había tocado porque le pertenecía legítimamente a su majestad.

Luego le dijo al mono que fuera y lo consiguiera.

El mono, sin pensar, metió su **mano** en la trampa y quedó atrapado.

Cuando el mono acusó al zorro de atraerlo a una emboscada, el zorro exclamó: "¡Afirmas ser nuestro rey, pero ni siquiera puedes cuidarte a ti mismo!"

MORALEJA: El verdadero líder lo demuestra por sus cualidades.

THE EAGLE AND THE BEETLE

Once upon a time, a small hare was being chased by an **eagle**.

The **hare** went to ask a beetle for help, but the eagle caught and ate the hare right in front of the beetle.

This made the **beetle** very sad, and she wanted to get revenge on the eagle.

So, she **started** watching the place where the eagle laid her eggs and took them away or threw them on the ground.

The eagle was very **worried** because she had no safe place to lay her eggs.

She **asked** the god Zeus to help keep the eggs safe, but the clever beetle dropped a ball of dirt on Zeus, causing him to accidentally drop the eggs on the ground.

From that **day** on, eagles never laid their eggs when beetles were around.

MORAL: Never despise what seems insignificant, for there is no being so weak that it cannot reach you.

EL ÁGUILA Y EL ESCARABAJO

Había una vez un pequeño conejo que era perseguido por un **águila**.

El **conejo** fue a pedir ayuda a un escarabajo, pero el águila atrapó y se comió al conejo justo delante del escarabajo.

Esto hizo que el **escarabajo** se sintiera muy triste y quisiera vengarse del águila.

Así que **comenzó** a vigilar el lugar donde el águila ponía sus huevos y los tomaba o los tiraba al suelo.

El águila estaba muy **preocupada** porque no tenía un lugar seguro para poner sus huevos.

Le **pidió** al dios Zeus que ayudara a mantener los huevos seguros, pero el astuto escarabajo le dejó caer una bola de tierra a Zeus, lo que provocó que dejara caer accidentalmente los huevos al suelo.

A partir de ese **día**, las águilas nunca pusieron sus huevos cuando los escarabajos estaban cerca

MORALEJA: Nunca desprecies lo que parece insignificante, pues no hay ser tan débil que no pueda alcanzarte.

THE EAGLE AND THE ARROW

An eagle **enjoyed** scaring and teasing the little birds.

It was not **uncommon** for him to soar through the sky, swoop down on unsuspecting birds, and pretend to prey on them, even when he wasn't hungry.

One day, the **eagle** decided to scare a flock of doves. Out of nowhere, he swooped down on them. Several doves shrieked and scattered.

Just then, the eagle's sharp **ears** caught a whizzing sound. He turned around and saw an arrow!

The **arrow** struck the eagle right in the heart, and he fluttered to the ground. "Oh no, I don't want to die," said the eagle.

He **fell** to the ground with a thud and, with dying eyes, looked at the killer arrow.

It was **decorated** with one of his own feathers. The eagle thought, "How sad to be hit by a weapon that carries my own feathers."

MORAL: We often give our enemies the means for our own destruction.

EL ÁGUILA Y LA FLECHA

Un águila **disfrutaba** asustando y burlándose de los pequeños pájaros.

No era **raro** que surcara el cielo, se abalanzara sobre aves desprevenidas y pretendiera cazarlas, incluso cuando no tenía hambre.

Un día, el **águila** decidió asustar a una bandada de palomas. De la nada, se abalanzó sobre ellas. Varias palomas chillaron y se dispersaron.

Justo entonces, los **oídos** agudos del águila captaron un sonido zumbante. Se volvió y vio una flecha.

La **flecha** golpeó al águila directamente en el corazón, y éste se desplomó al suelo. "Oh no, no quiero morir", dijo el águila.

Cayó al suelo con un golpe sordo y, con los ojos moribundos, miró la flecha asesina.

Estaba **decorada** con una de sus propias plumas. El águila pensó: "Qué triste ser golpeado por un arma que lleva mis propias plumas".

MORALEJA: A menudo damos a nuestros enemigos los medios para nuestra propia destrucción.

THE GRASSHOPPER AND THE ANT

One **summer** day, a grasshopper hopped about and sang to its heart's content in a **field**.

The **ant** carried an ear of corn to the anthill with great **effort**.

"What's the use of toiling that way?" asked the **grasshopper**.
"Why not chat with me instead?"

"I'm **storing** food for the winter," the ant said, "and I recommend you do the same."

"**Why** bother about winter?" said the grasshopper,
 "we have plenty of food."

However, the ant kept on working.

Due to the **lack of food**, the grasshopper found itself dying of hunger in **winter**, while the ants distributed corn from their summer stores every day.

Then the grasshopper concluded by saying, "Please be prepared for when necessary."

MORAL: There's a time for work and a time for play.

EL SALTAMONTES Y LA HORMIGA

En un día de **verano**, un saltamontes saltaba y cantaba alegremente por el **campo**.

Una **hormiga** llevaba un grano de maíz al hormiguero con gran **esfuerzo**.

"¿Para qué trabajar tanto?", preguntó el **saltamontes**. "¿Por qué no charlamos en su lugar?"

"Estoy **almacenando** comida para el invierno", dijo la hormiga, "y te recomiendo que hagas lo mismo".

"**¿Por qué** preocuparse por el invierno?" dijo el saltamontes.
 "Tenemos suficiente comida."

A pesar de esto, la hormiga siguió trabajando.

Debido a la **falta de alimento**, el saltamontes se encontró muriendo de hambre en invierno, mientras que las hormigas distribuían maíz de sus reservas de verano todos los días.

Finalmente, el saltamontes concluyó diciendo: "Por favor, prepárate para lo que pueda venir".

MORALEJA: Hay un tiempo para trabajar y otro para jugar.

THE EAGLE WITH CLIPPED WING

Once upon a time, a **man** captured an eagle, clipped her wings, and put her in his poultry yard with the other birds.

Later, another **neighbor** had pity on the eagle and bought it.

The eagle was now well-treated, and its **wings** began to grow.

When it had grown sufficiently for the eagle to fly, it took flight and, pouncing upon a hare, brought it as an offering to its benefactor.

A fox, seeing this, **exclaimed**, "Do not repay the favor of the man who set you free, but the favor of your former **owner**, lest he hunts you again and plucks the feathers from your wings a second time."

"Your advice may be very good for a fox," replied the eagle, "but my nature is to serve those who have been kind to me."

MORAL: We should generously repay the favors of one's benefactors and stay away from wicked people.

EL ÁGUILA DE ALA CORTADA

Una vez, un **hombre** capturó un águila, le cortó inmediatamente las alas y la metió en su corral con las demás aves.

Más tarde, un **vecino** se apiadó del águila y la compró.

El águila ahora estaba bien cuidada y sus **alas** empezaron a crecer.

Cuando creció lo suficiente como para poder **volar**, el águila levantó el vuelo y, abalanzándose sobre una liebre, la llevó como ofrenda a su benefactor.

Un zorro, al ver esto, **exclamó**: "No cultives el favor del hombre que te liberó, sino el de tu antiguo **dueño**, no sea que vuelva a cazarte y te arranque por segunda vez las plumas de tus alas."

"Tu consejo puede estar muy bien para un zorro", replicó el águila; "pero mi naturaleza es servir a los que han sido bondadosos conmigo".

MORALEJA: Debemos devolver generosamente los favores de los benefactores y apartarnos del camino de los malvados.

THE HARE AND THE TORTOISE

The **hare** was always bragging about how fast he was. "I've never been beaten," he said. "I challenge anyone here to race me."

The **tortoise** said quietly, "I accept your challenge." "That's a good one," said the hare. "I could dance around you the whole way."

"Shall we **race**?" asked the tortoise.

So, they started the **race**. The hare ran so fast that he was soon out of sight. He stopped to take a nap, thinking the tortoise would never catch up.

The tortoise **kept walking** slowly and steadily. After a while, it passed the hare, who was still sleeping.

When the **hare** woke up, he saw the tortoise near the finish line and couldn't catch up in time to win the race.

MORAL: Slow and steady wins the race

LA LIEBRE Y LA TORTUGA

La **liebre** siempre presumía de lo rápida que era. "Nunca me han vencido", decía, "Desafío a cualquiera aquí a una carrera conmigo".

La **tortuga** dijo en voz baja: "Acepto tu desafío". "Eso es bueno", dijo la liebre; "podría bailar alrededor de tí todo el camino".

"¿Listo para **correr**?", preguntó la tortuga.

Entonces, ellos comenzaron la **carrera**. La liebre corrió tan rápido que pronto desapareció de la vista. Se detuvo para tomar una siesta, pensando que la tortuga nunca podría alcanzarla.

La tortuga **seguía caminando** lenta y constantemente. Después de un rato, pasó a la liebre, que aún estaba durmiendo.

Cuando la **liebre** se despertó, vio a la tortuga cerca de la línea de meta y no pudo alcanzarla a tiempo para ganar la carrera.

MORALEJA: La carrera se gana despacio y con constancia

THE LION AND THE MOUSE

Once upon a time, a **little mouse** ran across a sleeping lion, who awoke and placed his huge paw on the mouse, opening his **mouth** wide to swallow him.

"Spare me!" pleaded the poor mouse. "I will **repay** you someday, so please let me go."

The **lion** chuckled at the idea that the mouse could ever repay him, but he lifted his paw and let him go.

A few **days** later, the lion was caught in a hunter's net and roared in anger.

Unable to free himself, he filled the forest with his desperate cries. Just then, the tiny mouse happened to be passing by and saw the lion's sad plight.

Without hesitation, the **mouse** went up to the lion and gnawed away at the ropes that tied him up.

"You **laughed** when I said I would repay you," said the mouse. "Now you see that even a mouse can help a lion."

MORAL: Never despise the promises of the small and humble but honest. When the time comes they will keep them.

EL LEÓN Y EL RATÓN

Había una vez un **pequeño ratón** que corría sobre un león dormido; quien despertó y colocó su enorme pata sobre el ratón, abriendo su **boca** de par en par para tragárselo.

"¡Por favor, perdóname!" suplicó el pobre ratón. "Algún día te lo **compensaré**, así que déjame ir, por favor".

La idea de que el ratón pudiera ayudar al **león** le hizo reír, por lo que levantó su pata y lo dejó ir.

Unos **días** después, el león quedó atrapado en la red de un cazador y rugía de rabia.

Incapaz de liberarse, llenó el bosque con sus gritos desesperados. En ese momento, el pequeño ratón pasaba por allí y vio la triste situación del león.

Sin dudarlo, el **ratón** se acercó al león y **roía** las cuerdas que lo ataban.

"Te **reíste** cuando dije que te lo compensaría", dijo el ratón. "Ahora ves que incluso un ratón puede ayudar a un león".

MORALEJA: Nunca desprecies las promesas de los pequeños y humildes pero honestos. Cuando llegue el momento las cumplirán.

THE DOVE AND THE ANT

An **ant** was walking along the river one day when she started to drink water. Her foot slipped, and she fell in.

The **current** began to sweep her away, and she thought it was the end.

A **dove**, who saw it all, cut off a leaf with its beak and dropped it next to the ant. "Climb up on that leaf," she said, "and you will float to the shore."

Once safe, the ant said to her, "You have **saved** my life, and I wish I could do something for you."

A few **days** later, the ant saw a hunter raising his gun to shoot the dove. She ran up and bit the man's leg so hard that he let out a scream, which alerted the dove, and it flew away.

When the **man** was gone, the dove said, "Thank you, you saved my life." The little ant was very happy to know that she had been able to save the dove.

MORAL: Good is repaid with gratitude.

LA PALOMA Y LA HORMIGA

Una **hormiga** estaba caminando a lo largo del río un día. Cuando empezó a beber agua, su pie resbaló y cayó al agua.

La corriente comenzó a arrastrarla y pensó que era el fin.

Una **paloma**, que vio todo, cortó una hoja con su pico y la dejó caer al lado de la hormiga. "Súbete a esa hoja", dijo, "y flotarás hasta la orilla".

Una vez a salvo, la hormiga le dijo: "Me has **salvado** la vida, y desearía poder hacer algo por ti".

Unos **días** después, la hormiga vio a un cazador levantando su arma para dispararle a la paloma. Corrió y mordió la pierna del hombre tan fuerte que dejó escapar un grito, lo que alertó a la paloma, que voló lejos.

Cuando el **hombre** se fue, la paloma dijo: "Gracias, me has salvado la vida". La pequeña hormiga estaba muy feliz de saber que había podido salvar a la paloma.

MORALEJA: Al bien se le paga cón gratitud

THE TWO ROOSTERS

Two **roosters** fought every day to determine who would rule the henhouse.

After a fierce **battle**, one of the roosters emerged victorious and the other was defeated, retreating to a corner.

Meanwhile, the victorious **rooster** flew to the top of the coop, flapped his wings proudly, and crowed triumphantly to announce his win to the world.

An **eagle** flying overhead spotted the proud rooster, swooped down, and snatched him up in its talons, carrying him away to its nest.

The defeated rooster, who had been watching everything from the corner, quickly emerged and reclaimed his **place** as the king of the **henhouse**.

MORAL: If you flaunt your successes, someone may take them away from you.

LOS DOS GALLOS

Dos **gallos** reñían diariamente para decidir quién gobernaba el gallinero.

Después de una feroz **batalla** entre ellos por la soberanía del gallinero, uno de los gallos ganó y el gallo derrotado se escondió en un rincón.

Mientras tanto, el **gallo** que había ganado la batalla voló hasta la cima del gallinero y, agitando sus alas con orgullo, cantó con todas sus fuerzas para contar al mundo sobre su victoria.

Un **águila** que volaba cerca lo vio, se abalanzó sobre él, lo tomó en sus garras y lo llevó a su nido.

El gallo derrotado, que había estado observando desde la esquina, rápidamente salió y recuperó su lugar como el rey del gallinero.

MORALEJA: Si haces alarde de tus éxitos, puede aparecer quien te los arrebate.

BELLING THE CAT

The **mice** called a meeting to decide on a plan to free themselves from their enemy, the cat. Many ideas were **discussed,** but none were considered good enough.

At last, a very **young** mouse spoke up, "I have a plan that will succeed. All we need to do is put a bell around the cat's neck. When we hear the bell ringing, we will know the cat is coming."

This **proposal** was met with general applause. Finally, an old mouse stepped forward and asked, "I agree that the young mouse's plan is good, but who will put the bell on the cat?"

Hearing this, the little mice suddenly became quiet and **silent** because they could not answer that question.

Suddenly, they were all afraid. And they all, absolutely all, ran back to their burrows, **hungry** and sad.

MORAL: It is easy to propose impossible remedies.

UN CASCABEL PARA EL GATO

Los **ratones** convocaron una reunión para decidir un plan para liberarse de su enemigo, el gato. Se **discutieron** muchas ideas, pero ninguna fue considerada lo suficientemente buena.

Por fin, un ratón muy **joven** habló: "Tengo un plan que sé que tendrá éxito. Lo único que tenemos que hacer es ponerle un cascabel al cuello del gato. Cuando escuchemos el sonido del cascabel, sabremos que el gato viene".

Esta **propuesta** fue recibida con un aplauso general. Finalmente, un ratón viejo dio un paso al frente y preguntó: "Estoy de acuerdo en que el plan del ratón joven es bueno, pero ¿quién le pondrá el cascabel al gato?"

Al oír esto, los ratoncitos repentinamente se callaron y quedaron en **silencio**, porque no podían responder a esa pregunta.

De repente, todos tuvieron miedo. Y todos, absolutamente todos, corrieron de vuelta a sus madrigueras, **hambrientos** y tristes.

MORALEJA: Es fácil proponer remedios imposibles

THE WIND AND THE SUN

The Wind and the Sun **argued** about which one of them was stronger. While they were **quarrelling**, a traveler passed by on the road.

"Here's what we'll do," said the North Wind. "We'll both try to make that man take off his coat. Whoever **succeeds** first will be the **winner**."

The North Wind **blew** hard, as he **wanted** the traveler to take off his coat. But the more he blew, the tighter the man held onto his jacket.

Finally, the **North Wind** said, "If I can't take off the man's coat, then no one can. Sun, you will not succeed in making him remove his coat."

Without **making a sound**, the Sun emitted its warm rays with even greater intensity. The man began to sweat and soon took off his coat because he couldn't bear the heat.

The **North Wind** said to the man, "How did you do that?" The Sun laughed and replied, "I won by being gentle."

MORAL: Persuasion is much more powerful than violence.

EL VIENTO Y EL SOL

El Viento y el Sol **discutían** sobre cuál de los dos era más fuerte. Mientras se **peleaban**, un viajero pasó por el camino.

"Esto es lo que haremos", dijo el Viento del Norte. "Ambos intentaremos hacer que ese hombre se quite el abrigo. Quien lo **logre** primero, será el **ganador**".

El Viento del Norte **sopló** con fuerza, **queriendo** que el viajero se quitara el abrigo. Pero cuanto más soplaba, más se aferraba el hombre a su chaqueta.

Finalmente, el **Viento del Norte** dijo: "Si yo no puedo quitarle el abrigo al hombre, entonces nadie puede. Sol, no lograrás que se lo quite".

Sin **hacer ruido**, el Sol emitió sus cálidos rayos con aún más intensidad. El hombre comenzó a sudar y pronto se quitó el abrigo porque no podía soportar el calor.

El **Viento del Norte** le preguntó al hombre: "¿Cómo lo hiciste?" El Sol se rió y respondió: "Gané siendo amable".

MORALEJA: La persuasión es mucho más poderosa que la violencia.

THE FOX AND THE WOODCUTTER

A **fox** was being chased by hunters when she came to a woodcutter's place and begged him to hide her. The man advised her to go into his cabin.

The **hunters** immediately arrived and asked the woodcutter if he had seen the fox.

The **woodcutter**, using his voice, told them no, but with his hand, he slyly pointed to the hut where the fox was hiding.

The **hunters** did not understand the hand signals and relied solely on his words.

The fox, seeing them **leave**, went out without saying anything.

The woodcutter **reproached** her for not thanking him for having saved her, to which the fox replied:

"I would have thanked you if your **hands** and mouth had said the same."

MORAL: Do not deny with your actions what you proclaim with your words.

LA ZORRA Y EL LEÑADOR

Una **zorra** estaba siendo perseguida por unos cazadores cuando llegó a la casa de un leñador y le rogó que la escondiera. El hombre le aconsejó que entrara en su cabaña.

Casi inmediatamente llegaron los **cazadores** y preguntaron al leñador si había visto a la zorra.

El **leñador,** con su voz, les dijo que no, pero con su mano señaló astutamente la cabaña donde se había escondido.

Los **cazadores** no entendieron las señales de la mano y se basaron únicamente en sus palabras.

La zorra, al verlos **marchar**, salió sin decir nada.

El leñador le **reprochó** que no le diera las gracias por haberla salvado, a lo que la zorra respondió

—Te habría dado las gracias si tus **manos** y tu boca hubieran dicho lo mismo.

MORALEJA: No niegues con tus actos, lo que pregonas con tus palabras.

THE FOX AND THE HAWTHORN

A **fox** was running and jumping through the forest when it lost its balance.

To **avoid** falling, she grabbed the branch of a hawthorn tree.

But as she **clung** to it, the thorns pierced through and the fox was badly hurt. She then blamed the hawthorn, saying:

"**Hawthorn**, I trusted you and tried to hold on so as not to fall!

However, I got hurt more than I would have fallen.

All because I trusted you!"

"You're mistaken, fox; it's not my fault; it's your **fault**. You should have known that I was going to hurt you anyway."

MORAL: Never ask for help from the one you know will hurt you.

LA ZORRA Y EL ESPINO

Una **zorra** corría y saltaba por el bosque cuando perdió el equilibrio.

Para **evitar** caerse, agarró una rama de un árbol de espino.

Pero al **aferrarse** a ella, las espinas la hirieron gravemente. Entonces, la zorra culpó al árbol de espino, diciendo:

"¡**Espino**, confié en ti e intenté aferrarme a ti para no caer!

Sin embargo, me lastimé más de lo que habría pasado si hubiera caído.

¡Todo por confiar en ti!"

"Estás equivocada, zorra; no es mi culpa, es tu culpa. Deberías haber sabido que te iba a lastimar de todos modos".

MORALEJA: Nunca pidas ayuda a quien sabes que te hará daño

THE FOX AND THE RAVEN

A **crow** was perched on a tree with a piece of cheese in its beak.

Attracted by the smell, a passing fox said to him:

"Good morning, Mr. Crow! What a beautiful **plumage** you have! If your singing is as beautiful as your feathers, you must be the Phoenix bird."

When the crow heard this, he was very **flattered** and filled with joy.

In order to show off his magnificent voice, he opened his beak to sing and dropped the cheese.

The fox quickly **snatched** the cheese from the air and said to him:

"Mr. Crow, **learn** that the flatterer always lives at the expense of the one who listens to him and takes his words seriously; the lesson is profitable and well worth a piece of cheese."

MORAL: Do not give attention to flattering words that are made for interest.

LA ZORRA Y EL CUERVO

Un **cuervo** estaba posado en un árbol con un trozo de queso en su pico.

Atraído por el aroma, un zorro que pasaba le dijo:

"¡Buenos días, Sr. Cuervo! ¡Qué bello **plumaje** tiene usted! Si su canto corresponde a su plumaje, debe de ser el ave Fénix."

Al escuchar esto, el cuervo se sintió muy **halagado** y lleno de alegría.

Para lucirse con su magnífica voz, abrió el pico para cantar y dejó caer el queso.

El zorro rápidamente **atrapó** el queso en el aire y le dijo:

"Señor Cuervo, **aprenda** que el lisonjero siempre vive a expensas de quien lo escucha y presta atención a sus palabras; la lección es provechosa y bien vale un trozo de queso."

MORALEJA: No des crédito a las palabras aduladoras que se hacen por interés.

THE TWO FRIENDS

One day, two good friends were in the **mountains when they suddenly** heard the roar of a giant bear.

One of the **friends** ran to the nearest tree and climbed it with a leap to safety.

The other had no time to escape and lay down on the ground, playing dead.

The boy in the **tree** watched his friend and did not dare to climb down to help him.

The bear **approached** his friend, who was lying in the grass, and began to sniff him. Seeing that he was not moving, the bear thought he was dead and walked away.

Then, the cowardly friend climbed down from the tree and ran to hug his friend.
"Friend, **what a fright** I had! Are you all right? Did that meddling bear hurt you?" he asked.

His friend replied:
"Fortunately, I'm fine. I thought you were my friend, but as soon as you saw the danger, you ran off to save yourself and left me to my fate."

MORAL: Friendship is shown in good and bad times.

LOS DOS AMIGOS

Un día, dos buenos amigos estaban en las montañas **cuando de repente** escucharon el rugido de un oso gigante.

Uno de los **amigos** corrió al árbol más cercano y con un salto se subió para ponerse a salvo.

El otro no tuvo tiempo de escapar y se echó en el suelo, haciéndose el muerto.
El chico en el **árbol** observó a su amigo y no se atrevió a bajar para ayudarlo.

El oso **se acercó** a su amigo que estaba tendido en el pasto y comenzó a olfatearlo. Al ver que no se movía, el oso pensó que estaba muerto y se fue.

Entonces, el amigo cobarde bajó del árbol y corrió a abrazar a su amigo.

"¡Amigo, **qué susto** tuve! ¿Estás bien? ¿Ese oso metiche te lastimó?" preguntó.

Su amigo respondió:
"Afortunadamente, estoy bien. Pensé que eras mi amigo, pero tan pronto como viste el peligro, corriste para salvarte y me dejaste a mi suerte."

MORALEJA: La amistad se demuestra en lo bueno y en lo malo.

THE MILKMAID AND HER PAIL

The **milkmaid** was walking back home from the field, carrying a bucket full of delicious and creamy milk.

She was **daydreaming** about all the things she could do with it: make butter, take it to the market, buy eggs to hatch and then sell the chicks when they grew up.

She **imagined** how nice it would be to have all the money from the **market** and the chicks to buy a new and pretty dress for the fair.

But she got so **carried away** that she tossed her head and the bucket fell to the ground, spilling all the milk and along with it, her dreams of making butter, selling eggs and chicks, buying a new dress, and all her pride.

MORAL: Our dreams and plans should not keep us from reality.

LA LECHERA Y SU CUBO

La **lechera** volvía a casa desde el campo, llevando consigo un cubo lleno de deliciosa y cremosa leche.

Estaba **soñando** con todas las cosas que podría hacer con ella: hacer mantequilla, llevarla al mercado, comprar huevos para incubar y luego vender los polluelos cuando crecieran.

Se **imaginaba** lo bien que se sentiría al tener todo el dinero que obtendría del **mercado** y de los polluelos para comprar un vestido nuevo y bonito para la feria.

Pero se **emocionó** tanto que movió su cabeza y el cubo cayó al suelo, derramándose toda la leche, así como sus sueños de hacer mantequilla, vender huevos y polluelos, comprar un vestido y todo su orgullo.

.

MORALEJA: Nuestros sueños y planes no deben apartarnos de la realidad.

THE YOUNG AND THE THIEF

The **young** Martin was sitting on the edge of a well.

Suddenly, he saw a thief approaching, and knowing his intentions; he pretended to cry inconsolably.

The **thief** asked him, "why are you sad?"

The **young** man replied:

"I came to draw **water** with a gold jug, the rope broke, and my valuable jug went to the bottom."

As soon as the thief heard the news, he went down to look for the **valuable** jug, motivated by his greed.

When he was at the bottom, his search was useless as he found **NOTHING**.

Meanwhile, young Martin left the place quickly.

MORAL: Greed is blind.

EL JOVEN Y EL LADRÓN

El **joven** Martín estaba sentado en el borde de un pozo.

De repente, vio a un ladrón, que se acercaba y conociendo sus intenciones, fingió llorar inconsolablemente.

El **ladrón** le preguntó: "¿por qué estás triste?"

El **joven** le respondió:

"Vine a sacar **agua**, con una jarra de oro, la cuerda se rompió y mi valiosa jarra se fue al fondo".

En cuanto el ladrón se enteró de la noticia, bajó a buscar la **valiosa** jarra motivado por su codicia.

Cuando estuvo en el fondo, su búsqueda fue inútil, ya que no encontró **NADA**.

Mientras tanto, el joven Martín abandonó el lugar rápidamente.

MORALEJA: La codicia es ciega

THE BOY WHO CRIED WOLF

Once upon a time, there was a **little shepherd** who spent most of his time walking and tending his sheep in the fields of a small village.

One day, **feeling bored**, he had an idea to have some fun with the villagers.

He began to shout: "Help, the wolf! The wolf is coming!"

The villagers **rushed** to help but found out that it was all a joke.

They were **angry** and decided to return to their homes.

A few **days** later, a real wolf appeared from the undergrowth and attacked the sheep.

The boy ran into the village shouting, "Wolf! Wolf!"

But the **villagers** ignored him, and the shepherd watched helplessly as the wolf ate some sheep and took others for dinner.

MORAL: Liars are not believed even when they speak the truth

EL NIÑO QUE GRITÓ "LOBO!"

Había una vez un **pequeño pastor** que pasaba la mayor parte de su tiempo caminando y cuidando sus ovejas en los campos de un pequeño pueblo.

Un día, **sintiéndose aburrido**, tuvo la idea de divertirse con los aldeanos y comenzó a gritar:

"¡Ayuda, el lobo! ¡El lobo viene!"

Los aldeanos **corrieron** para ayudar, pero descubrieron que todo era una broma.

Estaban **enojados** y decidieron regresar a sus hogares.

Unos **días** después, el niño no se dio cuenta de que un lobo había salido del bosque y atacado a las ovejas.

El chico corrió hacia el pueblo gritando: "¡Lobo, lobo!"

Pero los **aldeanos** lo ignoraron, y el pastor miró impotente mientras el lobo comía algunas ovejas y se llevaba otras de cena.

MORALEJA: A los mentirosos no se les cree ni siquiera cuando dicen la verdad.

THE BOYS AND THE FROGS

A family of **frogs** was living in a pond where some children used to play.

The **children** entertained themselves by throwing stones into the water, creating ripples on the surface.

While the children **enjoyed** throwing **stones** at great speed, the poor frogs in the pond were terrified.

The oldest and bravest frog decided to **intervene** and confront the children's behavior, telling them:

'**Children**, stop your offensive behavior! Even though it may be fun for you, it is deadly for us!'

MORAL: Always stop to think whether your fun may not be the cause of another's unhappiness.

LOS CHICOS Y LAS RANAS

Había una familia de **ranas** viviendo en un estanque donde algunos niños solían jugar.

Los **niños** se entretenían lanzando piedras al agua, lo que creaba ondulaciones en la superficie.

Mientras los niños **disfrutaban** arrojando piedras a gran velocidad, las pobres ranas del estanque estaban aterrorizadas.

La rana más vieja y valiente decidió **intervenir** y hacer frente al comportamiento de los niños, diciéndoles:

'¡**Niños**, paren su comportamiento ofensivo! A pesar de que puede ser divertido para ustedes, ¡para nosotros es mortal!'

MORALEJA: Párate siempre a pensar si tu diversión no será la causa de la infelicidad de otro.

THE WOLF IN SHEEP'S CLOTHING

A hungry **wolf** was wandering through the forest in search of food. Having exhausted all other options, he **sat down** and came up with an idea.

The **wolf** thought to himself, 'As a wolf, I cannot easily catch prey, so I will have to use trickery to eat.'

And that's exactly what the wolf did. He found a sheepskin and put it on, then began grazing with the **flock**, hoping to fool the shepherd.

However, despite his best **efforts**, the plan did not work out as intended.

The wolf **managed** to stay disguised as a sheep until dusk, when the shepherd rounded up the flock and took them to the pen.

As the shepherd searched for a sheep to slaughter for meat the next day, he spotted the disguised wolf among the flock and killed him on sight, mistaking him for one of the sheep.

MORAL: We will suffer the consequences of our deception.

EL LOBO CON PIEL DE OVEJA

Un **lobo** hambriento vagaba por el bosque en busca de comida. Al no tener otras opciones, **se sentó** y tuvo una idea.

El **lobo** pensó para sí mismo: "Como lobo, no puedo atrapar fácilmente presas, así que tendré que usar trucos para comer".

Y eso es exactamente lo que hizo. Encontró una piel de oveja, la puso y comenzó a pastar con el **rebaño,** esperando engañar al pastor.

Sin embargo, a pesar de sus mejores **esfuerzos,** el plan no funcionó como estaba previsto.

El lobo **logró** mantenerse disfrazado de oveja hasta el atardecer, cuando el pastor reunió al rebaño y los llevó al corral.

Mientras el pastor buscaba una oveja para sacrificarla al día siguiente, vio al lobo disfrazado entre el rebaño y lo mató a primera vista, confundiéndolo con una oveja.

MORALEJA: Según hagamos el engaño, así recibiremos el daño.

THE GOOSE AND THE GOLDEN EGG

Once upon a time, there was a **farmer** who owned an incredibly beautiful **goose.** Every day, the farmer would visit the nest to find that the goose had laid a stunning, shiny golden egg.

As he **sold** the eggs, the farmer began to accumulate wealth and became quite prosperous. However, with time, the farmer grew increasingly impatient with the goose's ability to lay only one golden **egg** each day.

He desired to become rich at a much faster pace. **One day** after counting his money, the farmer came up with a devious plan to acquire all of the golden eggs by killing the goose and cutting her open.

The greedy farmer **followed through** with his plan and killed the goose in the process. As a result, he destroyed the source of his wealth, and to his dismay, **found** no golden eggs inside the goose's body. The farmer was left without his precious goose and not a single golden egg.

MORAL: Greed is a bad advisor, it can make your fortune fleeting.

LA OCA DE LOS HUEVOS DE ORO

Había una vez un **granjero** que tenía la **oca** más hermosa que uno pueda imaginar.Todos los días, cuando visitaba el nido, la oca había puesto un huevo de oro brillante y deslumbrante.

Después de **vender** los huevos, el granjero se hizo rico.
Sin embargo, su avaricia lo dominó y se impacientó con la capacidad de la oca para poner solo un **huevo** de oro al día.

El granjero quería hacerse rico más rápido. **Un día**, después de contar su dinero, ideó un plan malvado para adquirir todos los huevos de oro, matando a la oca y abriéndola en canal.

El granjero **llevó a cabo** su plan y mató a la oca, destruyendo la fuente de su riqueza. Sin embargo, para su sorpresa, no **encontró** ningún huevo de oro dentro del cuerpo de la oca. Se quedó sin su preciosa oca y sin un solo huevo de oro.

MORALEJA: La codicia es mala consejera, puede hacer tu fortuna pasajera.

THE TWO FROGS

Two **frogs** lived in a beautiful swamp, but when summer arrived, it dried up.

So they left in search of another swamp with water.

During their **journey**, they stumbled upon a deep well that was full of water.

One frog **suggested** to the other: "Friend, let's both go down into this well."

The other frog **replied**, "But what if the water in this well dries up too? How do you think we'll get back up?"

MORAL: When trying to undertake an action, first analyze the consequences of it.

LAS DOS RANAS

Dos **ranas** vivían en un hermoso pantano, pero cuando llegó el verano, se secó.

Así que se fueron en busca de otro pantano con agua.

Durante **su viaje**, encontraron un pozo profundo lleno de agua.

Una rana **sugirió** a la otra: "Amigo, bajemos los dos a este pozo".

La otra rana **respondió**: "Pero ¿qué pasa si el agua en este pozo también se seca? ¿Cómo piensas que podremos subir de vuelta?

MORALEJA: Cuando quieras emprender una acción, analiza primero las consecuencias de la misma.

THE CROW AND THE PITCHER

Once upon a time, there was a great drought.

A thirsty **crow** suddenly saw a jug of water, but its beak could not reach the water.

"It can't be! I'll die of **thirst** if I don't drink," the crow said to himself.

The crow **stuck his beak** in even further and shook the pitcher, but nothing happened...

Then **he stuck his leg** in with the idea of getting it wet so that he could lick up a drop, but his leg was too short.

He was about to give up when he had an idea.

For an hour, the crow put stones into the jar. It was slow and hard work, but in the end, it paid off.

Thanks to the **stones**, the water rose to the jar's rim, and the crow quenched his thirst.

MORAL: It is possible to solve every problem with patience and intelligence.

EL CUERVO Y LA JARRA

Érase una vez, había una gran sequía.

Un sediento **cuervo** vio de repente una jarra de agua, pero su pico no podía alcanzar el agua.

"No puede ser. Me moriré de **sed** si no bebo", dijo el cuervo para sí mismo.

El cuervo **metió su pico** aún más adentro y sacudió la jarra, pero no pasó nada...

Entonces **metió su pata** con la idea de mojarla para poder lamer una gota, pero su pata era demasiado corta.

Estaba a punto de darse por vencido cuando tuvo una idea.

Durante una hora, el cuervo puso piedras en la jarra. Fue un trabajo lento y difícil, pero al final valió la pena.

Gracias a las **piedras**, el agua subió hasta el borde de la jarra, y el cuervo satisfizo su sed.

MORALEJA: Es posible resolver todos los problemas con paciencia e inteligencia.

THE FOX AND THE STORK

A **selfish** fox invited a stork over for dinner. When the Stork arrived at his home, she knocked on the door with her long beak. The fox welcomed her in and offered her some food.

The **Stork** sat down at the table and was excited to eat because she was starving. The fox served soup in shallow bowls, but the Stork couldn't eat any of it since her beak was too long.

The fox **ate** all the soup and didn't offer anything else to the Stork. The fox asked, "Stork, why haven't you taken your soup? Don't you like it?"

The Stork replied, "Thank you for inviting me for dinner. Why don't you come to **my house** tomorrow for dinner instead?"

The next day, when the fox arrived at the Stork's home, they were also having soup for dinner.

This time, **the soup** was served in tall jugs. The Stork easily drank the soup from the jug, but the fox couldn't reach inside to eat any. Thus, the fox went hungry this time.

MORAL: A selfish act can backfire on you.

EL ZORRO Y LA CIGÜEÑA

Un zorro **egoísta** invitó a una cigüeña a cenar. Cuando la cigüeña llegó a su casa, llamó a la puerta con su largo pico. El zorro la recibió y le ofreció comida.

La **cigüeña** se sentó a la mesa y estaba emocionada de comer porque tenía hambre. El zorro sirvió sopa en platos poco profundos, pero la cigüeña no pudo comer nada ya que su pico era demasiado largo.

El zorro **se comió** toda la sopa y no ofreció nada más a la cigüeña. El zorro preguntó: "Cigüeña, ¿por qué no has tomado tu sopa? ¿No te gusta?"

La cigüeña respondió: "Gracias por invitarme a cenar. ¿Por qué no vienes mañana a cenar a **mi casa**?"

Al día siguiente, cuando el zorro llegó a la casa de la cigüeña, también estaban cenando sopa.

Esta vez, **la sopa** se sirvió en jarras altas. La cigüeña bebió fácilmente la sopa de la jarra, pero el zorro no pudo alcanzarla para comer. Por lo tanto, el zorro se quedó sin cena esta vez.

MORALEJA: Un acto egoísta puede volverse en tu contra.

THE HORSE AND THE DONKEY

A **man** owned a horse and a donkey, and they were carrying loaded bales on their journey to the city.

During the **journey**, the donkey became very tired and asked the horse for help.

However, the **horse** ignored the request, and they continued.

After an hour, the **exhausted** donkey fell to the ground without any strength left.

The owner then placed the entire load of the donkey, along with the donkey itself, onto the back of the horse.

The horse **regretted** not helping the donkey when it had asked.

It thought that if it **had helped**, it wouldn't have to bear such a heavy burden now.

MORAL: When you help others, you will reap your own good.

EL CABALLO Y EL ASNO

Un **hombre** tenía un caballo y un burro, y llevaban fardos cargados en su viaje a la ciudad.

Durante el **viaje,** el burro se cansó mucho y le pidió ayuda al caballo.

Sin embargo, el **caballo** ignoró la petición y continuaron avanzando.

Después de una hora, el **exhausto** burro cayó al suelo sin fuerzas.

Entonces, **el dueño** colocó toda la carga del burro, junto con el burro mismo, en la espalda del caballo.

El caballo **lamentó** no haber ayudado al burro cuando lo pidió.

Pensó que si lo **hubiera ayudado**, no tendría que soportar una carga tan pesada ahora.

MORALEJA: Cuando ayudes a los demás, tu propio bien cosecharás.

THE DEER AND ITS REFLECTION

One fine day, **a deer** was drinking from a lake when he saw his reflection in the clear water.

He **looked at** himself carefully and admired the graceful arch of his antlers, but he was ashamed of his long, thin legs.

He often **wished** he had sturdier legs instead.

"**How** could I have been so unlucky to be born with such ugly legs when I have such a magnificent crown?" he thought.

While **looking at** his reflection, he heard a hunter's cries and several dogs barking. Thanks to his nimble legs, he managed to escape from the hunter by running.

However, he was **soon** trapped among some branches and the hunter caught him.

The deer then **realized** that what he was most proud of was of no use to him, and that what he didn't appreciate was the most useful to him.

MORAL: Sometimes, we give more importance to appearance and disregard what is really useful.

EL CIERVO Y SU REFLEJO

Un buen día, **un ciervo** estaba bebiendo de un lago cuando vio su reflejo en el agua clara.

Se **miró** cuidadosamente y admiró el grácil arco de sus astas, pero se avergonzó de sus piernas largas y delgadas.

A menudo **deseaba** tener piernas más fuertes en su lugar.

"**¿Cómo** puede ser que haya tenido tanta mala suerte de haber nacido con piernas tan feas cuando tengo una corona tan magnífica?" pensó.

Mientras **miraba** su reflejo, escuchó los gritos de un cazador y los ladridos de varios perros. Gracias a sus piernas ágiles, logró escapar del cazador corriendo.

Sin embargo, **pronto** quedó atrapado entre las ramas y el cazador lo atrapó.

Entonces, el ciervo **se dio cuenta** de que lo que más le enorgullecía no le servía de nada y que lo que no apreciaba era lo que más le servía.

MORALEJA: A veces damos más importancia a la apariencia y despreciamos lo realmente útil.

THE LION AND THE MOSQUITO

"I'm not afraid of you," **teased** the mosquito.

"You may be known as the **king** of the beasts, but I am mightier than you!"

The mosquito quickly pounced on the **lion** and repeatedly stung him on the nose and ears.

"**Enough**," he finally shouted, "Enough! You win." The mosquito, unscathed, flew away buzzing.

He boasted about his victory over the lion to anyone who would listen.

He was busy **bragging** when he flew straight into a spider's web stretched between the trees.

As a tiny **spider** pounced on him, the mosquito struggled helplessly between the strong threads of the web.

"I fought and **won** against the biggest of beasts," he thought grimly, "but this little creature can easily trap me."

MORAL: The least of our enemies is often the most to be feared.

EL LEÓN Y EL MOSQUITO

"No te tengo miedo", **se burló** el mosquito.

"Puede que te llamen el **rey** de los vencedores, pero yo soy más poderoso que tú".

El mosquito se abalanzó rápidamente sobre el **león** y le picó una y otra vez en la nariz y las orejas.

"**Basta**", gritó finalmente, "¡Basta! Tú ganas". El mosquito, ileso, se alejó zumbando.

Se jactó de su victoria sobre el león ante cualquiera que quisiera escucharlo.

Estaba ocupado **fanfarroneando** cuando voló directamente hacia una tela de araña extendida entre los árboles.

Mientras una diminuta **araña** se abalanzaba sobre él, el mosquito se debatía impotente entre los fuertes hilos de la tela.

"Luché y **gané** contra la mayor de las bestias", pensó sombríamente, "pero este pequeño animal puede atraparme fácilmente".

MORALEJA: El menor de nuestros enemigos es a menudo el más temible.

JUPITER AND THE MONKEY

Once upon a time, all the animals in the forest organized a **baby show**.

Jupiter **was giving** a special prize to the winner.

Mothers from all around the area brought their babies to **compete**.

Mother **monkey** was the first to arrive with her baby.

Everyone **laughed** when they saw the little monkey—it was kind of funny-looking with a flat nose, no hair, and big, popping eyes.

However, mother monkey was not **embarrassed**.

She said, "You can **laugh** all you want, but I still think my baby is the cutest, sweetest, and most beautiful baby in the entire world!"

MORAL: Mother's love is blind.

JÚPITER Y EL MONO

Una vez, todos los animales del bosque organizaron **un concurso de bebés**.

Júpiter **iba a entregar** un premio especial al ganador.

Las mamás de toda la zona trajeron a sus bebés a **competir**.

La mamá **mono** fue la primera en llegar con su bebé.

Todos se **rieron** al ver al monito: tenía un aspecto gracioso, nariz chata, sin pelo y grandes ojos saltones.

Sin embargo, la madre mono no se **avergonzó**.

Dijo: "Pueden **reírse** todo lo que quieran, pero yo sigo creyendo que mi bebé es el más lindo, dulce y hermoso bebé de todo el mundo".

MORALEJA: El amor de una madre es ciego.

THE WOLVES AND THE SHEEP

A **pack of wolves** was near the sheep's field, but the dogs kept them away, so the sheep were safe.

The wolves wanted to eat **the sheep**, so they came up with a plan. They said to the sheep,

"Why can't we all be **friends**? If it weren't for those pesky dogs, we could get along great.

Send them away, and you'll see how friendly we can be."

The sheep **believed** the wolves and got rid of the dogs.

As soon as the dogs were gone, the wolves had a big **feast on** the sheep.

MORAL: We should not get rid of that which defends us and open ourselves to the enemies.

LOS LOBOS Y LAS OVEJAS

Una **manada de lobos** estaba cerca del campo de las ovejas, pero los perros los mantenían alejados, así que las ovejas estaban a salvo.

Los lobos querían comerse a **las ovejas,** así que idearon un plan. Les dijeron a las ovejas,

"¿Por qué no podemos ser todos **amigos**? Si no fuera por esos molestos perros, nos llevaríamos muy bien.

Echadlos y veréis lo amigos que podemos ser".

Las ovejas **creyeron** a los lobos y se deshicieron de los perros.

En cuanto se fueron los perros, los lobos se dieron un gran **festín** con las ovejas.

MORALEJA: No debemos deshacernos de lo que nos defiende y dejárselo a nuestros enemigos.

THE COUNTRY MOUSE AND THE CITY MOUSE

A **city mouse** once visited his cousin who lived in the countryside. The **country mouse** invited him to eat herbal soup. However, the city mouse, accustomed to eating more refined foods, did not like it.

One day, **the city mouse** invited his cousin **to travel with him** to the city. When they arrived at the mansion where the city mouse lived, they found the remains of a magnificent feast on the dining room table. But just as the country mouse was about to eat a piece of cake, he heard a cat's meow.

As the mice **fled**, they heard the screams of a woman who, with a broom in her hand, was trying to hit them over the head with the stick. More than frightened, the country mouse **said goodbye** to his cousin and decided to return to the countryside as soon as possible.

Back home, the country mouse concluded that he would never trade his peace for many **material things**.

MORAL: If having too many things does not allow you to have a peaceful life, it is better to have less and be really happy.

EL RATÓN DE CAMPO Y EL RATÓN DE CIUDAD

Un ratón de ciudad visitó una vez a su primo del campo. El **ratón de campo** le invitó a comer sopa de hierbas. Sin embargo, al ratón de ciudad, acostumbrado a comer alimentos más refinados, no le agradó.

El **ratón de ciudad** invitó a su primo **a viajar con él** a la ciudad. Cuando llegaron a la mansión donde vivía, encontraron sobre la mesa del comedor los restos de un magnífico festín. Pero justo cuando su primo del campo estaba a punto de comer un trozo de pastel, oyó el maullido de un gato.

Mientras **huían**, oyeron los gritos de una mujer que, con una escoba en la mano, intentaba golpearlos en la cabeza con el palo. El ratón de campo, más asustado que nunca, **se despidió** de su primo y decidió volver al campo lo antes posible.

De vuelta en casa, el ratón de campo pensó que nunca cambiaría su paz por muchas **cosas materiales**.

MORALEJA: Si el tener muchas cosas no te permite una vida tranquila, es mejor tener menos y ser feliz de verdad.

THE YOUNG CRAB AND HIS MOTHER

The mother **crab** asked her son, "Why are you walking sideways like that?"

"You should always **walk** straight forward with your toes pointed outward," she said.

"Show me how to **walk**, mother," the little crab said obediently.

So the mother crab **attempted** to walk straight forward, but she could only walk sideways, just like her son.

Whenever she tried to turn her toes out, she ended up **tripping** and falling on her nose.

MORAL: Do not tell others how to act unless you can set a good example.

EL JOVEN CANGREJO Y SU MADRE

La madre **cangrejo** preguntó a su hijo: "¿Por qué caminas así de lado?".

"Siempre debes **caminar** derecho hacia adelante con los dedos de los pies apuntando hacia afuera", le dijo ella.

"Enséñame a **andar**, mamá", dijo obediente el cangrejito.

Así que la mamá cangrejo **intentó** caminar recto hacia delante, pero solo podía hacerlo de lado, igual que su hijo.

Cada vez que intentaba girar los dedos de los pies hacia fuera, acababa **tropezando** y cayendo de morros.

MORALEJA: No digas a los demás cómo deben actuar, a menos que puedas dar un buen ejemplo.

HERCULES AND THE WAGONER

A **wagon driver** was traveling on a swampy road, and the rain made the journey more difficult. Suddenly, the wheels got stuck, and the horse could not move on.

Feeling **helpless**, the wagoner sat down on the edge of the path and began to shout,

"Hercules, Hercules, you are the god of strength; help me to pull my cart!"

Irritated, Hercules **reprimanded** the man:

"Insolent! Go down to the swamp, pull the mule, put your shoulder to the wheel, and push forward."

"What if I can't get the **carriage** unstuck that way?" the wagoner asked.

"If you can't achieve what you want that way," Hercules replied,

"let me know. You never solve problems by shouting."

MORAL: God helps those who help themselves.

HÉRCULES Y EL CARRETERO

Un **conductor de carreta** estaba viajando por un camino pantanoso y la lluvia hacía que el viaje fuera más difícil. De repente, las ruedas se atascaron y el caballo no podía seguir adelante.

Sintiéndose **impotente**, el carretero se sentó al borde del camino y comenzó a gritar:

"Hércules, Hércules, tú eres el dios de la fuerza; ¡ayúdame a tirar de mi carreta!"

Hércules, irritado, **reprendió** al hombre:

"¡Insolente! Baja al pantano, jala del mulo, pon tu hombro en la rueda y empuja hacia adelante".

"¿Y si no puedo desatascar la **carreta** de esa manera?", preguntó el carretero.

"Si no puedes lograr lo que quieres así", respondió Hércules,

"házmelo saber. Nunca se resuelven los problemas gritando".

MORALEJA: Dios ayuda a los que se ayudan a sí mismos.

THE BUNDLE OF STICKS

A **father** had four **sons** who constantly quarreled with each other over trivial matters. They were never united and always fought amongst themselves.

One day, the father **became tired** of seeing his children constantly fight with one another.

So he decided to **teach them** a lesson on unity. The father said, "Children, I have a task for you. Go outside and bring me four thick sticks."

He gave a **bundle of sticks** to each of his sons and instructed them to try to break them. Despite their best efforts, they failed.

After untying the bundle, the father gave each of his sons a single stick to break **one by one**.

They accomplished this task easily. The father said, "Individually, the sticks **are weak** and can be easily broken by anyone.
But together, the sticks cannot be broken. When you are separated, your enemies can easily break you. When you are together, your enemies do not stand a chance."

MORAL: In unity is strength.

EL MANOJO DE PALOS

Un **padre** tenía una familia de cuatro **hijos** que constantemente peleaban entre ellos. Discutían por las cosas más pequeñas y nunca estaban unidos.

Un día, el padre **se cansó** de ver a sus hijos pelear constantemente.

Así que decidió **enseñarles** una lección sobre la unidad. El padre dijo: "Hijos, tengo una tarea para ustedes. Salgan al exterior y tráiganme cuatro palos gruesos".

Les entregó el **manojo de palos** a cada uno de sus hijos y les dijo que intentaran romperlo. A pesar de sus mejores esfuerzos, no lo lograron.

Después de desatar el manojo, el padre les dio a sus hijos los palos para que los rompieran **uno por uno**.

Lo hicieron rápidamente. El padre dijo: "Individualmente, los palos **son débiles.** Cualquiera puede romperlos fácilmente. Pero juntos, los palos no se pueden romper.
Cuando están separados, sus enemigos pueden romperlos fácilmente. Cuando están unidos, sus enemigos no tienen ninguna oportunidad."

MORALEJA: En la unión está la fuerza

What´s next ...

If you enjoyed reading this book, be sure to check out our other exciting and fun storybooks for kids and families.

We always appreciate hearing from you and welcome your feedback on how we can improve and what you would like to see in the future.

Don't forget to show your support and leave a review for our book if you enjoyed our content.

Dedication

Dear family:

Thank you so much for your inspiration and support in writing my bilingual book of Aesop's fables! Each of you has contributed in a unique and important way for this project to come to fruition.

To my nephews, Carolina and Martin, for your childlike innocence and creative ideas. You have been the source of inspiration for many of the stories included in the book. To my partner, for all the moments we shared working together to make this project a reality. Thank you for listening to my ideas and helping me bring them to life.

Made in the USA
Las Vegas, NV
17 December 2023